金太陽 銀太陽

文圖 賴馬

這是流傳在我們居住的土地上，最古老的故事之一……

很﹝ㄏㄣˇ﹞久﹝ㄐㄡˇ﹞很﹝ㄏㄣˇ﹞久﹝ㄐㄡˇ﹞以﹝ㄧˇ﹞前﹝ㄑㄧㄢˊ﹞，天﹝ㄊㄧㄢ﹞上﹝ㄕㄤ﹞沒﹝ㄇㄟˊ﹞有﹝ㄧㄡˇ﹞星﹝ㄒㄧㄥ﹞星﹝ㄒㄧㄥ﹞也﹝ㄧㄝˇ﹞沒﹝ㄇㄟˊ﹞有﹝ㄧㄡˇ﹞月﹝ㄩㄝˋ﹞亮﹝ㄌㄧㄤˋ﹞，只﹝ㄓˇ﹞有﹝ㄧㄡˇ﹞一﹝ㄧ﹞個﹝ㄍㄜˋ﹞金﹝ㄐㄧㄣ﹞色﹝ㄙㄜˋ﹞的﹝ㄉㄜ˙﹞太﹝ㄊㄞˋ﹞陽﹝ㄧㄤˊ﹞。

各﹝ㄍㄜˋ﹞部﹝ㄅㄨˋ﹞落﹝ㄌㄨㄛˋ﹞的﹝ㄉㄜ˙﹞原﹝ㄩㄢˊ﹞住﹝ㄓㄨˋ﹞民﹝ㄇㄧㄣˊ﹞白﹝ㄅㄞˊ﹞天﹝ㄊㄧㄢ﹞辛﹝ㄒㄧㄣ﹞苦﹝ㄎㄨˇ﹞的﹝ㄉㄜ˙﹞耕﹝ㄍㄥ﹞種﹝ㄓㄨㄥˋ﹞、狩﹝ㄕㄡˋ﹞獵﹝ㄌㄧㄝˋ﹞、織﹝ㄓ﹞布﹝ㄅㄨˋ﹞，晚﹝ㄨㄢˇ﹞上﹝ㄕㄤ﹞開﹝ㄎㄞ﹞心﹝ㄒㄧㄣ﹞的﹝ㄉㄜ˙﹞唱﹝ㄔㄤˋ﹞歌﹝ㄍㄜ﹞、跳﹝ㄊㄧㄠˋ﹞舞﹝ㄨˇ﹞、喝﹝ㄏㄜ﹞酒﹝ㄐㄧㄡˇ﹞，然﹝ㄖㄢˊ﹞後﹝ㄏㄡˋ﹞一﹝ㄧ﹞覺﹝ㄐㄧㄠˋ﹞到﹝ㄉㄠˋ﹞天﹝ㄊㄧㄢ﹞明﹝ㄇㄧㄥˊ﹞，日﹝ㄖˋ﹞出﹝ㄔㄨ﹞而﹝ㄦˊ﹞作﹝ㄗㄨㄛˋ﹞、日﹝ㄖˋ﹞落﹝ㄌㄨㄛˋ﹞而﹝ㄦˊ﹞息﹝ㄒㄧ﹞，日﹝ㄖˋ﹞子﹝ㄗ˙﹞過﹝ㄍㄨㄛˋ﹞得﹝ㄉㄜ˙﹞很﹝ㄏㄣˇ﹞快﹝ㄎㄨㄞˋ﹞樂﹝ㄌㄜˋ﹞。

有‍ㄧㄡˇ一‍ㄧ天‍ㄊㄧㄢ，
金‍ㄐㄧㄣ色‍ㄙㄜˋ的‍ㄉㄜ太‍ㄊㄞˋ陽‍ㄧㄤˊ才‍ㄘㄞˊ
剛‍ㄍㄤ剛‍ㄍㄤ下‍ㄒㄧㄚˋ山‍ㄕㄢ，一‍ㄧˋ
個‍ㄍㄜˋ銀‍ㄧㄣˊ色‍ㄙㄜˋ的‍ㄉㄜ太‍ㄊㄞˋ陽‍ㄧㄤˊ
突‍ㄊㄨ然‍ㄖㄢˊ跳‍ㄊㄧㄠˋ到‍ㄉㄠˋ天‍ㄊㄧㄢ上‍ㄕㄤˋ
來‍ㄌㄞˊ。

之ᵇ後ᵇᵒᵘ，只ᵇ要ᵇ
金ᵇ太ᵇ陽ᵇ下ᵇ去ᵇ了ᵇ，
銀ᵇ太ᵇ陽ᵇ就ᵇ升ᵇ上ᵇ
來ᵇ，銀ᵇ太ᵇ陽ᵇ回ᵇ家ᵇ
了ᵇ，金ᵇ太ᵇ陽ᵇ又ᵇ跑ᵇ
出ᵇ來ᵇ。從ᵇ此ᵇ不ᵇ再ᵇ
有ᵇ夜ᵇ晚ᵇ。

沒有夜晚，族人們無法睡覺、休息。由於兩個太陽輪流照耀，田地變得越來越乾，大家必須不斷的挑水、澆水，農作物才不會枯死，大家才有飯吃，長時間的工作下，大家都疲累不已。

更糟糕的是，許多小孩在烈日曝晒下，變得越來越小、越來越乾，最後變成了一隻隻的蜥蜴。

這樣下去，該如何是好？

大家左思右想，苦惱不已。於是請族裡的巫婆占卜問神，祂認為非把一個太陽射下來不可。

神的使者——靈鳥也不停的在空中盤旋、鳴叫「吉、吉、吉」，就這麼決定，去射日！

可是太陽的家不知有多麼遙遠，需要越過幾千座高山，涉過幾萬條溪流才能走到。

大家選出族裡最有智慧的勇士巴萬，帶著年輕力壯的兒子瓦旦，還背著剛斷奶的小孫子瓦歷斯，一行人前去射日。

他們朝太陽下山的西方出發，無所不知的靈鳥也跟著前去，以保護他們的安全。

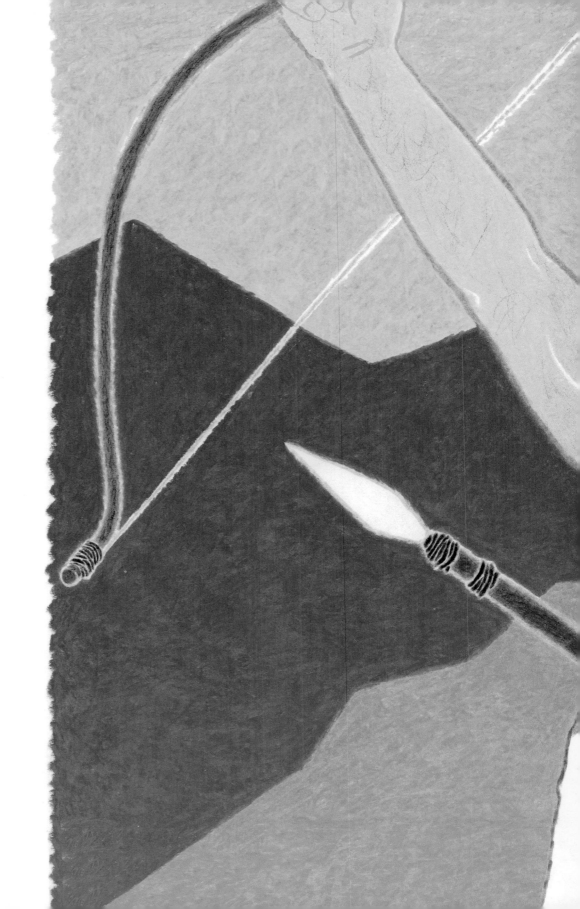

聰明的巴萬帶了一
包柑橘種子，走一段
路，就種下一顆種
子，再走一段路，再
種下一顆。

帶著族人的期望，他們不敢多休息，也不貪玩樂，只想趕快找到太陽的家。

一路上，巴萬帶著兒子以及孫子認識各種動物和植物，還教他們射箭、狩獵。

巴萬更將許多族人的生活點滴、傳說和神話說給孩子們聽。

就這樣，他們走了好多年，巴萬年紀越來越大，直到再也走不動了，在心願還沒完成之前便死了。但儘管如此，在天上的巴萬知道，已是壯年的瓦旦仍舊會帶著長成了少年的瓦歷斯繼續前進。

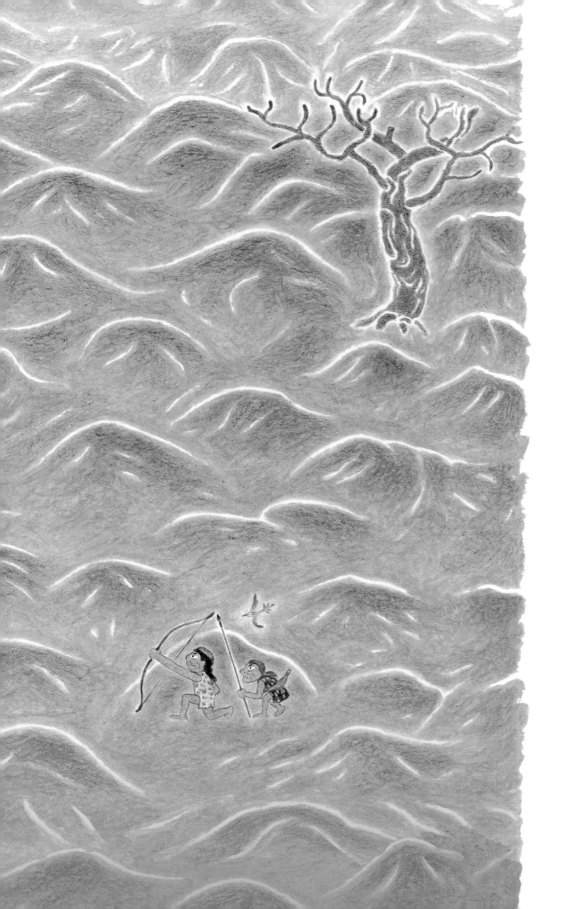

又過了很多年，瓦旦成為一位老人，而瓦歷斯則成為一位非常強壯的勇士。

這一天，他們走到一個深深的山谷裡，

「呼嚕嚕———

呼嚕嚕———」

一陣陣好大的聲音，在山谷裡回響著。

「是瀑布嗎？」

「還是怪獸？」

靈鳥飛過去一探究竟，回報說：

「是銀太陽在睡覺！我們的機會來了，快跟我來！」

瓦歷斯找到一個好位置，立刻拉滿了弓，細心瞄準、全力射出。

「啊ㄚ！」銀ㄧㄣ太ㄊㄞ陽ㄧㄤ痛ㄊㄨㄥ苦ㄎㄨ
的ㄉㄜ摀ㄨˇ著ㄓㄜ眼ㄧㄢˇ睛ㄐㄧㄥ，跳ㄊㄧㄠˋ了ㄌㄜ起ㄑㄧˇ
來ㄌㄞˊ！
「射ㄕㄜˋ中ㄓㄨㄥˋ了ㄌㄜ！射ㄕㄜˋ中ㄓㄨㄥˋ了ㄌㄜ！」
銀ㄧㄣ色ㄙㄜˋ的ㄉㄜ血ㄒㄧㄝˇ從ㄘㄨㄥˊ銀ㄧㄣ太ㄊㄞ陽ㄧㄤ的ㄉㄜ
指ㄓˇ縫ㄈㄥˋ間ㄐㄧㄢ噴ㄆㄣ出ㄔㄨ，撒ㄙㄚˇ滿ㄇㄢˇ了ㄌㄜ
天ㄊㄧㄢ空ㄎㄨㄥ，一ㄧ點ㄉㄧㄢˇ一ㄧ滴ㄉㄧ變ㄅㄧㄢˋ成ㄔㄥˊ
閃ㄕㄢˇ亮ㄌㄧㄤˋ的ㄉㄜ星ㄒㄧㄥ星ㄒㄧㄥ。

「哇ㄨㄚ──吼ㄏㄡˇ！」

受ㄕㄡˋ傷ㄕㄤ的ㄉㄜ˙銀ㄧㄣˊ太ㄊㄞˋ陽ㄧㄤˊ生ㄕㄥ氣ㄑㄧˋ的ㄉㄜ˙
大ㄉㄚˋ叫ㄐㄧㄠˋ，他ㄊㄚ忍ㄖㄣˇ著ㄓㄜ˙痛ㄊㄨㄥˋ，起ㄑㄧˇ
身ㄕㄣ抓ㄓㄨㄚ射ㄕㄜˋ箭ㄐㄧㄢˋ的ㄉㄜ˙人ㄖㄣˊ，瓦ㄨㄚˇ歷ㄌㄧˋ
斯ㄙ靈ㄌㄧㄥˊ巧ㄑㄧㄠˇ的ㄉㄜ˙從ㄘㄨㄥˊ銀ㄧㄣˊ太ㄊㄞˋ陽ㄧㄤˊ的ㄉㄜ˙
指ㄓˇ縫ㄈㄥˋ間ㄐㄧㄢ溜ㄌㄧㄡ走ㄗㄡˇ。

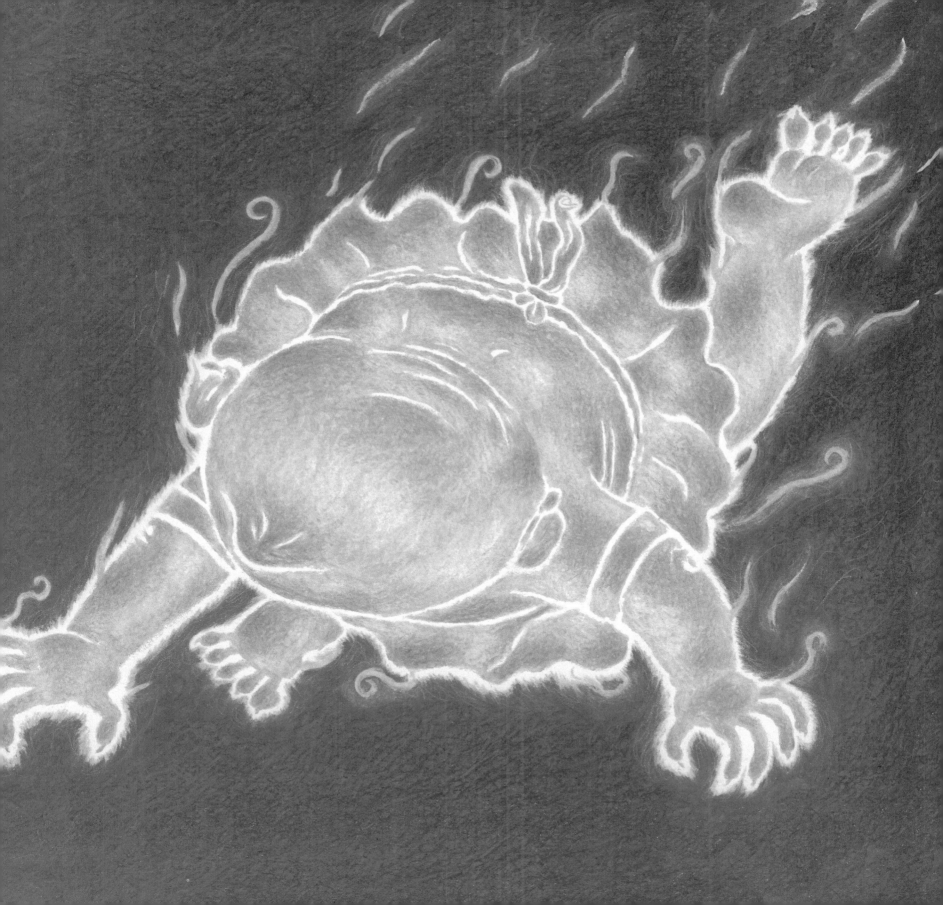

「轟！」銀太陽又用力的向老
瓦旦踩去， 一陣天搖地動， 瓦旦
也很快的從銀太陽大大的腳趾間
鑽了出去。

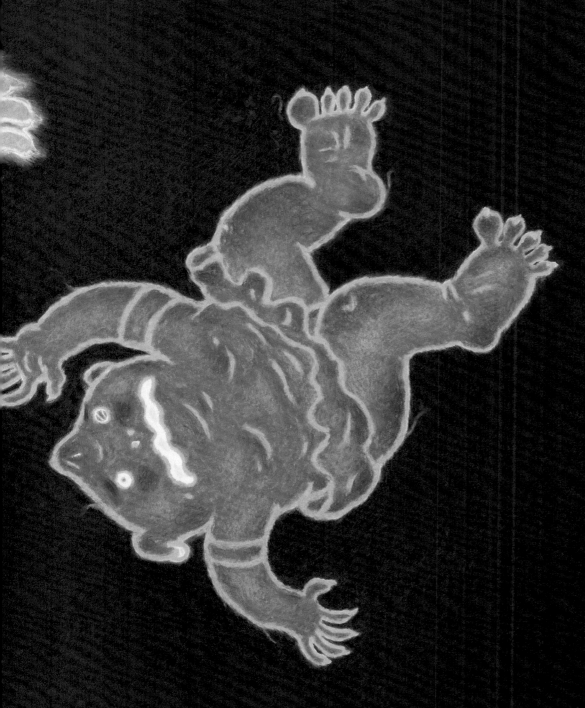

眼一看受傷的銀太陽越來越虛弱，光芒越來越暗淡，一個不小心掉進了深深的山谷裡。

這時，金太陽回來看到了，害怕的趕緊躲起來。

一下子，天地間陷入了無盡的黑暗……

黑暗間，父子倆靠著一點點星光和靈鳥「嘎歸——嘎歸——」的叫聲帶路，沿途吃著已經結實纍纍的柑橘充飢。走了好久，終於回到了故鄉。

可是沒有了陽光，族人無法下田耕作，也不能出去狩獵，生活反而比以前更加艱難。看著儲存的食物越來越少了，大家又餓又冷。

靈鳥建議巫婆帶著大家一起唱歌、跳舞，讓美妙的歌聲和整齊的舞步聲傳到天上、傳到森林，也傳到遙遠的山谷裡。

「咦？怎麼有這麼好聽的聲音啊！」金太陽忍不住好奇的跑出來看個究竟，發現外面一片祥和，於是放心的回到了天上。

有了陽光，大家又可以紡紗織布、下田耕種、上山狩獵了。

不久，傷口痊癒的銀太陽也出來透氣，但他只敢趁著晚上遮遮掩掩的出現，不再又熱又亮了。

原來，銀太陽成為了月亮。

一個太陽和一個月亮輪流守護著大地，族人們在星月交輝下，每天快樂的唱歌、跳舞，過著幸福的生活。

金太陽 銀太陽
這一本圖畫書的誕生

前言

2018年,我重新出版這本書,以下的漫畫是以當時(2001年)創作的情境做描述。

二〇〇一年某一天……

鈴!鈴!鈴!

隨侍在側的收音機。

我一向敬仰、欽佩的曹老師來了一通電話,改變了我未來三個月的生活……

賴馬,這個圖畫書的故事很有趣唷,大意是這樣的……

很適合你畫,你一定可以畫得很好,怎麼樣,畫不畫?

曹老師

好

好後悔

就這樣,我接下了這一本關於原住民神話的圖畫書。

因為這個稿子很急,只有三個月可繪製。屆時還會做原畫展。

所以,我排開工作,推掉所有的稿子,卯起來畫這一本書……

賴馬先生,你現在有空接我們的稿子嗎?

很抱歉,下次吧!

每次都是下一次。

1 劇情佈局

賴馬先生,傳真給你的射日傳說收到了沒?

收到

賴馬,會不會像一匹脫韁的野馬?

出版社編輯

完了~這要怎麼畫呀~

資料這麼少!!

什麼!找不到了,只有這些資料。

沒有更詳盡的故事了嗎?

再找找看

好吧!

由於臺灣各族都有射日傳說,故事的共同點大多由父傳子、子傳孫來接……

換人 換人 看我的

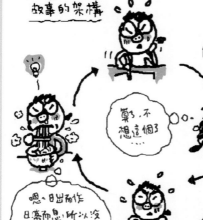

故族人的抗爭。故事都很短,也都各有有趣的地方。

最後,我決定自己重整編繪,選擇以傳承的精神為故事主軸,再融合各族較為生動、有趣的部份,保留神話、傳說的味道,寫成這個原住民與大自然共生存的故事,希望帶給小朋友靈活的體悟。

好耶~

反覆思考、整理故事的架構

沒有了夜晚,動物們無法休息,累到掛了……

算了,不想這個了

嗯…日出而作日落而息,所以沒有夜晚,只好繼續工作。

為不合理的神話故事找合理的自我解釋。呼~很累~

2 蒐集資料

←這是直到完成前都要持續的工作。

說實話，我對原住民文化不太瞭解。雖然故事很有趣，但這種需要考證的題材是我不感興趣的。唉～

所以，我得先看很多資料……

找了很多資料。

去參觀相關博物館。

拍照當做資料……

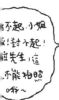

3 做樣書‧畫草圖

看了越多資料反而越不知道該怎麼畫。

圖圖秀秀看了一堆，反而不知該怎麼畫了。所以決定先從比較熟悉的開始做。

就這樣，先把草圖及情節編出來。

4 修正草圖‧角色造型

努力想……

5 初稿討論

初稿完成，我把它寄給曹老師及出版社。

> 這個太陽可畫在框外……這裡可以這樣寫……比較生動……我會把這些建議寄給你。

> 曹老師不像是創作及說故事高手。

> 很清楚我的創作思路，給予具體的建議。

感謝

和曹老師討論過後。突然，又接到出版社的傳真及電話，對我的初稿有好多的……批評!!

> 賴先生，我們來討論一下，整體來說戲劇性太弱，沒有吸引力。……那個文字應該要怎麼怎麼……何不讓他這樣這樣這樣……你這裡為什麼要這樣？你那裡為什麼不這樣？這個畫面要出現這個這個和那個……我們來討論一下吧!

聽得我一臉

哇～頭一遭聽到這麼不客氣的討論!!

我媽

批的詞比我的故事還長。

我馬上就說： 我 不 要 畫 了!

←真的下定決心的樣子。

太痛苦了!

> 天啊！怎麼會這樣？怎麼辦？怎麼辦？

被我的反應嚇一跳的編輯。

> 會不會是壓力太大了，要不要請他看個電影。

總編輯

當然，我還是繼續畫了，不然你也不會看到這裡。

6 角色定型

> 這個爺爺，給他戴這個帽子，穿這個鞋子……

> 兒子的話，給他掛這個耳環，配這種番刀……

> 孫子，就一個胸兜一塊擋布……

插曲

因為圖畫書的關係，剛好認識了二位原住民朋友，他們是夫妻。 太好了!

> 你們是原住民！真是太好了!!

> 好。

幫我看看!!

吳小姐（排灣族）   王先生（泰雅族）

> 服裝最好能夠統一，不要衣服這一族褲子那一族，頭飾又是不同族……

> 原住民各種米、芋頭、甘薯、玉米等都會種，當然會狩獵，也養豬……

> 好～   小米、芋頭也養殖。

> 啊～

> 呃～   小米酒

他們給了我好多寶貴的意見，後來還寄了一本書給我參考…… 感謝!

> 那都住在什麼地方用什麼蓋的？你們都怎麼取名字!

> 對了! 對了!

> 可以幫我的主角取名字嗎？

> 爺爺叫做如巴蕙，兒子叫做瓦旦，孫子就叫瓦歷斯。

就這樣，要呈現的人、事、地、物，大致完成。

7 試畫顏色

先畫一張初圖，試色。思考整本書的色彩呈現及風格等等……

> 這個是否每頁用紫色來強調

> 呵呵! 不行! 左邊這棵樹還是不要好了!

8 上色及修正

這是我的畫桌。

> 畫圖的情緒來了。

來吧!

底稿

燈箱   畫紙   咖啡

一大堆的水蠟筆

一大堆的色鉛筆

隨侍在側的收音機

顏料

不斷的描邊、修正、上色、描邊、修正、上色……

> 這個人重畫好了……

> 紅色好？還是紫色好？

> 這個衣服的顏色……

> 划船的動作應該是這樣的吧!

> 畫一些臺灣特有生物……

繪本0215

作繪者｜賴馬

封面、內頁手寫字｜賴俞蜜

責任編輯｜黃雅妮

美術設計｜賴馬、賴曉妍

行銷企劃｜高嘉吟

天下雜誌群創辦人｜殷允芃　董事長兼執行長｜何琦瑜

媒體暨產品事業群

總經理｜游玉雪　副總經理｜林彥傑　總編輯｜林欣靜

行銷總監｜林育菁　資深主編｜蔡忠琦　版權主任｜何晨瑋、黃微真

出版者｜親子天下股份有限公司

地址｜台北市104建國北路一段96號4樓

電話｜（02）2509-2800　傳真｜（02）2509-2462

網址｜www.parenting.com.tw

讀者服務專線｜（02）2662-0332　週一～週五 09：00~17：30

讀者服務傳真｜（02）2662-6048

客服信箱｜parenting@cw com tw

法律顧問｜台英國際商務法律事務所・羅明通律師

製版印刷｜中原造像股份有限公司

總經銷｜大和圖書有限公司 電話：（02）8990-2588

出版日期｜2018年1月第一版第一次印行

2024年1月第一版第十次印行

定　價｜360元

書　號｜BKKP0215P

ISBN｜978-957-9095-24-2（精裝）

──────── 訂購服務 ────────

親子天下Shopping｜shopping.parenting.com.tw

海外・大量訂購｜parenting@cw.com.tw

書香花園｜台北市建國北路二段6巷11號　電話（02）2506-1635

劃撥帳號｜50331356 親子天下股份有限公司